HAGAMOS DE ESTO
UNA SUPERNOVA

ExLibric

VICTORIA MEDINA

HAGAMOS DE ESTO
UNA SUPERNOVA

EXLIBRIC

ANTEQUERA 2019

VICTORIA MEDINA

HAGAMOS DE ESTO UNA SUPERNOVA

Índice

Sobre el amor y sus desvaríos

Sobre el desamor y otras historias

SOBRE TI Y TU FUERZA PARA SEGUIR

Sobre el amor y sus desvaríos

Mi todo y mi nada

Siempre te dije que eras mi todo y mi nada a la vez; hoy se confirmó. Eres mi nada desde que te conocí. Peleábamos, reíamos, nos amábamos, pero nada más. Nada que pudiera tocar, besar o extrañar porque nunca te llegué a tener entre mis brazos. Maldita distancia. Pero ¿cómo llegaste a ser mi todo? Aún hoy me lo pregunto, si nunca supe cómo olía tu piel, cómo sonaba tu risa en persona. Lo que sí lograste fue hacerme sentir tan viva, con un sentimiento tan real que al final fuiste eso, mi todo y mi nada a la vez, hasta hoy.

Amor de verano

Eres como un amor de verano, intenso y fugaz. Nos encontramos todos los años en julio y nos perdemos en agosto. En ese corto tiempo nos decimos cuánto nos queremos, que cuando llegue el invierno seguiremos juntos. Qué ilusos. Ni tan siquiera llegamos a estar juntos el verano entero. Pero aun así sabemos que el año que viene nos volveremos a encontrar por estas fechas para empezar de nuevo el bucle. Somos como dos amantes que necesitan pasar un tiempo juntos y después lo que les sobra son las ganas de verse, poniendo así punto y final a este amor de verano, o no. Nos vemos en un año.

Mi mundo

Mientras tengas días buenos y llenos de éxitos, te verás rodeada de gente felicitándote, diciéndote mil y un halagos. Pero cuando tienes tus días malos es cuando de verdad se quedan los que te quieren.Y aunque tú te metas en tu mundo y quieras huir de la realidad que te asfixia, recuerda que tienes mi mundo para refugiarte. No puedo prometerte que sea el mejor, pero sí que te sentirás querida y apoyada. Para que te juzguen ya estarán los demás. Puedes quedarte en mi mundo el tiempo que quieras. Como si no quieres salir de él.

Ella

Te imagino toda desarreglada, tirada en el sofá, y aun así serías la mujer más hermosa. Con el pelo recogido porque dices que hace mucho calor. Con un paquete de palomitas en las manos y tu botella de agua fresca en la mesa. Mirándome con una sonrisa ganadora porque sabes que veremos la serie que elijas. Porque contigo todo da igual, qué veamos o estemos comiendo, si mientras me dejas robarte algún que otro beso. Si me dejas parar el capítulo veinte veces solo para decirte «te quiero» y empezar el juego de cosquillas y besos por todo tu cuerpo. Te imagino de tantas formas que siento que ya te conocía y sé que en algún momento te encontraré.

10.047 kilómetros

10.047 kilómetros. Esa es la distancia que nos separa desde hace años. Lo que no pudieron lograr el tiempo, la familia e incluso el orgullo lo consiguieron los kilómetros. Es el único obstáculo que no hemos podido solventar. Pasamos por muchas dudas, momentos de incertidumbre. No sabíamos cómo fue que empezamos a sentir por la otra. Las horas hablando pasaron a ser días, semanas, hasta nueve años después. No conocíamos la historia que se iba a terminar dando. No llegamos a imaginar que con 10.047 kilómetros de distancia nos podíamos sentir tan vivas, tan amadas. No lo sabíamos hasta que hoy nos tuvimos frente a frente. Después de tanto tiempo, podemos decir que la distancia solo termina con quienes no se quieren. Que hay personas que están al lado y no las conocemos y a miles de kilómetros puede alguien hacerte reír hasta llorar, puede calmarte y conocerte como nadie lo había logrado jamás. Ese número está marcado en cada beso que nos damos, en cada mirada que nos dedicamos. Nos hizo más fuertes como pareja cada vez que conseguíamos vernos. La palabra distancia lleva tu nombre de principio a fin.

Sigue siendo ella

A veces sucede que la misma persona que te rompió puede pegar cada trocito de ti. Que esa persona te rompiera porque no pudo seguir contigo, pero que años después es justo quien hace que te valores. Es sorprendente ver cómo te sigue conociendo, cómo tiene la palabra justa y en el momento perfecto. Cómo sabe callar cuando solo necesitas un abrazo. Cómo te dice las cosas que ni tú misma has visto. Pero sobre todo te sorprende cómo, después de tanto tiempo y tantos momentos, sigue siendo ella la que tiene ese poder en ti. Cómo sigue siendo la misma mujer que una vez te enamoró.

No hay palabras

No hay forma alguna de describir lo que me haces sentir. Por más que he tratado de decir con palabras lo que siento, estoy como al principio. Sin ellas, sin palabras para definirnos. Eres como esa playa que, por más que cueste llegar a ella, sé que merecerá la pena. Y créeme cuando te digo que conseguiré que esto funcione, que al fin podamos ser dos cuerpos en uno.

Su desnudez

Sus labios, que me invitaban a la locura. Sus ojos verdes, que sabían cómo conquistarme. Su cuerpo, qué cuerpo, me dejaba tonta cada vez que tenía el privilegio de verla desnuda. Extraño todo de ella, pero si tuviera que decidirme por algo, lo que más extraño es su voz después del placer. Sería imposible olvidarme de sus gemidos en mi oído.

Que sea un hasta pronto

Cada vez que te veo partir en el coche o yo tengo que coger el tren, una parte de mí se rompe. Y es que no hay despedida más amarga que la nuestra, donde estamos un día entero asimilándolo, donde los besos y caricias nos sirven de palabras. Pero sé que muy pronto nos volveremos a ver. Hagamos de esta despedida un hasta pronto.

Volaría hasta ti

Eres mi destino favorito, al cual iría sin pensarlo una y mil veces. Redescubrir cada centímetro de tu piel y para ello hacer de tu cuerpo mi ruta preferida. Haces, en definitiva, que merezca la pena volar si el destino eres tú.

25

Un mundo contigo

Nuestro momento no dependía de nosotras, dependía del tiempo. Y ahora sí hemos coincidido en tiempo y espacio. Es algo que nos ha costado entender. Por eso, hoy estaré esperándote en la misma estación de siempre por si quieres venir. Por si todavía quisieras un mundo conmigo.

Tranquilidad

Tendrás días en los que no le quieras hablar. Y no porque no necesites escuchar su voz y reírte con sus ocurrencias. Simplemente necesitas tu espacio, porque solo tú y ella sabéis vuestra historia y lo que eso conlleva. Lo difícil que puede llegar a ser la situación.

Eres mi café

Eres la droga que necesito cada mañana al despertar. Te has vuelto mi adicción. Y es que ¿cómo no serlo si tus labios son mi tentación? Cada centímetro de tu piel me atrae como un imán. Y lo mejor está en tus ojos cuando me miran, esos ojos verdes que me enamoran.

Febrero nos presentó

Todo empezó aquella noche de febrero en la que nos conocimos en mitad de una pelea. Nos volvimos a encontrar en marzo y de ahí en adelante surgió todo. Pero te juro que no sé en qué momento me enamoré. Las dos sabíamos que solo era sexo, pasar un buen rato juntas sin ataduras ni compromisos. Pero me perdía en tu piel, en tus besos, tanto que al final me perdí de verdad y me descubrí amándote aquel día.

No querías

No querías, pero aquí estás; te quedaste un rato más. No querías sentir nada y mírate: estás enamorada hasta las trancas. No querías extrañarme y ahora, en las mañanas, si no te saludo me reclamas tus buenos días. No querías ilusionarte y has creado un mundo paralelo a la realidad. No querías tantas cosas conmigo que parece que la vida te escuchó e hizo todo lo contrario. Y es que no querías enamorarte por miedo a sufrir.

Haces fácil el amor

Siempre hemos sido dos cuerpos en un solo sentimiento. Andamos de la mano y juntos saltamos montañas y nadamos océanos. En todo momento miramos en la misma dirección. Contigo he aprendido lo maravilloso que es compartir los amaneceres, lo bonito que es reír hasta que te duela la barriga. Hemos aprendido que no se trata de dar la mitad, sino de darlo todo aunque haya veces en las que no recibamos nada a cambio. Que habrá días en los que quieras gritar y salir corriendo, días en los que no puedas aguantar mi mal carácter. Pero vamos aprendiendo que se trata de dar y recibir, ceder y que cedas. Amarte es lo más sencillo de todo porque tú lo haces fácil cada vez que me miras.

Eres mi elección favorita

Dicen que hay que perder lo que se ama para valorar lo que se tuvo. Pues bien, yo no necesito perderte para saber cuánto vales. Porque la manera en la que me miras, me cuidas y me haces sentir merece tanto la pena que te elegiría una y mil veces más, sin dudarlo.

Mi Julieta

Nos vemos a escondidas, no vaya a ser que sepan que aún nos queremos. Como si esto que sentimos fuera algo prohibido.

Aquí estaré

No voy a prometerte que te bajaré las estrellas, que habrá días que no seré precisamente la persona más amorosa y comprensiva. Pero sí puedo prometerte que te daré mi mejor versión, esa que soy desde que llegaste a mi camino. Trataré de que no necesites la luna ni el mundo a tus pies, sino que tú seas tu propio universo y el mío también. Que si te caes estaré ahí para ser tu colchón y así poder parar el golpe.

Se paró el tiempo

Me dijiste que me querías con los ojos llenos de lágrimas. En ese momento no sabía si abrazarte y no decir nada o decir todo lo que callé durante años. En ese segundo se paró el tiempo como si nunca hubiera pasado nada, como si de un sueño se tratara.

No le pongamos nombre

Tirada en el sofá con un café frío, te espero una noche más. No veo la hora de que lleguen las diez para poder hablar contigo. He aprendido a acostarme tarde si la razón eres tú. Aun sabiendo que al día siguiente seré una zombi, que las ojeras las tendré que disimular con las gafas de sol. Pero también sé que me cargarás de energía para poder aguantar hasta la noche, siendo la luna la única testigo de nuestras conversaciones y de este algo. Por ahora sigamos sin calificarlo, sin ponerle un nombre, no vaya a ser que una de las dos salga corriendo.

Hilo rojo

Nunca he sido de leyendas ni de historias populares. Pero desde que te conocí, desde que empezamos a querernos y a vivir esta historia, empecé a creer en el hilo rojo. Ese hilo que, según una leyenda japonesa, surge cuando dos personas están conectadas por un hilo en el meñique que por más que se tense, se estire o se enrede, nada lo frenará. Pues bien, nosotros tenemos ese hilo. Tú eres mi otro extremo, estoy segura. Da igual que no estemos juntos, que pasen los años y conozcamos a otras personas; el sentimiento sigue ahí. Y puede que hoy no sea nuestro momento, pero sé que más temprano que tarde lo será.

Corramos juntas

Escapémonos, corramos ahora que nadie nos ve. Nuestro delito fue amarnos, pero ¿quién podría no amarte? Empezaremos una nueva vida lejos de todos los que alguna vez intentaron rompernos sin importarles el daño que nos hacían. La gente tiene la manía de excusarse en saber qué es lo mejor para ti, pero nadie se daba cuenta de que buena parte de nuestra felicidad estaba en los brazos de la otra. Por eso, corre y no te pares. Prometo no soltarte la mano a cambio de que sigas riendo como ahora. No podré bajarte la luna ni contarte las estrellas, pero sí podré hacerte saber cada día lo especial e impresionante que eres para mí.

Te quiero feliz

Me atrapó desde que la vi: esos grandes ojos verdes no podían pasar desapercibidos. Tenía una mirada inocente, pero con una pena que le quemaba el alma. Poco a poco empezamos a hablar, empezó a confiar, pero seguía con un tono apagado en su sonrisa. Para el mundo era la mujer más feliz; para mí era la mayor mentira que pudiera haber. Cuando al fin vi su corazón, lo entendí todo: se lo habían roto, confió en alguien que no lo merecía. Desde ese momento me propuse juntar cada uno de los trozos en los que la habían roto. Mi único deseo para con ella era que volviera a amar.

Éramos tormenta

Si siempre fuimos como una tormenta de verano, ¿por qué vamos a cambiarlo ahora? Nuestro amor no tenía previsión alguna. Tenía, eso sí, todos los elementos para darse, pero nos resistimos hasta que explotamos. En muy poco tiempo era algo inexplicable, fuerte y sin un final cercano, o eso creíamos. Pero como toda tormenta, terminó con la salida del sol, un sol que era la realidad que no queríamos ver. Nos gustaba eso del huracán que desatábamos estando juntas, llevar la contraria a lo establecido. Supongo que deberíamos esperarnos a otro verano para volver a explotar, pero, qué coño, yo quiero esta tormenta en mi vida, en mis días… contigo.

Voy a por el sí

No te quiero a medias tintas; contigo lo quiero todo. Que nos desnudemos con la mirada, que nuestras pieles se ericen con un leve susurro en el oído a medianoche. Te quiero para reír, llorar, gritar… Nos quiero hoy y mañana, y lo que tenga que venir me da igual si es a tu lado. Porque eso de seguir entre el sí y el no me cansó. Contigo voy a por el todo o nada. La cuestión es si tú también estarías dispuesta a ello.

Mi *togepi*

Eras todo lo que necesitaba sin saberlo, sin buscarte. Y pensar que todo empezó por un «quizás». Los saludos y las conversaciones banales dieron paso a las horas de autobús esperando para volverte a ver. Así fuera para verte una hora, el camino merecía la pena. Solo los *findes* eran testigo de ello. Luego vinieron los cumpleaños, los puentes y, por fin, esa primera navidad juntas. ¿Te acuerdas? Eras la amiga que estaba siempre conmigo. De un momento a otro, ya éramos algo formal. Y se dio así, sin más. No teníamos fecha y pusimos la del primer encuentro. Te convertiste en el hombro donde poder apoyarme, en el abrazo perfecto al llegar a casa. No sé si serás la persona perfecta o el amor de mi vida, pero sí te puedo asegurar que eres mi complemento para seguir. Gracias por estar ahí.

Mi complemento

Y sabes que es ahí donde quieres estar porque está ella. Porque tus días son mejores desde que ella apareció en tu vida. Nadie entiende cómo nos podemos querer si la noche y el día tienen más en común que nosotras, a lo que yo respondo que eso demuestra lo poco que nos han llegado a conocer. Nos complementamos, nos enfadamos, pero sabemos hasta qué punto llegar. No nos rendimos porque no salgan las cosas a la primera. Y mucho menos sabiendo que, al terminar el día, serán tus brazos los que me esperan.

Dos horas y media

Su amor fue de película, literal: les duró dos horas y media. El tiempo suficiente para dejarles una marca imborrable. Aún hoy no sabrían explicar qué fue lo que pasó durante ese lapso de tiempo; tampoco sabrían decir por qué no se volvieron a ver. Los dos se quedaron con ganas de más, de conocerse, de perderse en sus miradas.

Hoy el tiempo lo paro yo

Te volviste una persona fría, que no exterioriza el más mínimo sentimiento. Te hicieron así después de cada golpe y decepción por cada vez que jugaron contigo. Ahora desconfías de todo aquel que pretenda estar, que te demuestre un ápice de cariño más allá de una amistad. No soy la mejor persona, ni siquiera puedo prometerte que no te romperé, pero déjate querer porque mi fin es ese. No te pido un día, una semana; te pido que me dejes quitar cada capa de hielo que recubre tu corazón. Permíteme enseñarte que no todas las noches son oscuras, que cada beso es un deseo de hacerte sentir especial. Déjate llevar por las horas, no mires el reloj; hoy el tiempo lo paro yo. Y cuando sienta la desnudez de tu alma, yo pondré el pecho a las balas. Tú solo disfruta del amor.

Lo haremos posible

Nada como escucharte decir «te quiero» después de tanto tiempo. Es como una brisa de abril en este invierno que se estaba haciendo demasiado intenso. No pudo ser y no podrá serlo por ahora, pero ¿quién no se ha enamorado de un imposible? Y ese es nuestro dilema: que queremos hacer de un imposible un posible, un quizás. Nos gusta soñar en grande, que todo se puede lograr y más si las dos queremos. ¿Por qué no? Y nos dirán locas, que no se pueden alcanzar las estrellas y que toquemos tierra; pero, mi amor, yo contigo vivo en la luna y no necesito más. Bastó que nos dijeran que no podíamos amarnos para hacerlo con más intensidad y con más deseos de luchar por ello. Que si es un imposible, no importa. Ya lo haremos posible.

Año Nuevo

Al final no nos fue tan mal como creíamos, tú con tus idas y venidas y yo con mi impaciencia. Logramos ser el punto justo de locura y nada de cordura, porque eso a nosotras no nos va. Nunca fuimos de hacer las cosas fáciles; siempre nos gustó eso de complicarnos la vida. Y así vamos a terminar el año, un año más. ¿Cuántos van ya? Perdí la cuenta de las navidades que hemos pasado así, y ahora estamos juntas. Se nos presenta de nuevo la oportunidad de disfrutarnos durante 365 días. ¿Para qué perder un solo día en peleas? Si algún día ves que caigo o si caes tú, hagamos un trato: ser siempre la suma de un sentimiento en dos cuerpos.

Viste más de mí que yo

Cuando me conociste era un alma rota. Te empeñaste en querer juntar cada pedacito de mí sin importar que no te mirase con los mismos ojos. Te fuiste enamorando de mi peor versión y creo que fue eso lo que me hizo clic en el corazón. Con el pasar de los meses tu alegría, tu personalidad extrovertida me fue enganchando más; te volviste especial. Me estaba empezando a enamorar y no quería reconocerlo, no quería ver que después de todo alguien me había hecho sentir. Pero sobre todo le temí al momento de saber si era correspondida y aquí estamos ahora. Me querías, te quería y eso fue lo que importó. Hoy ya no soy tan desastre y gracias a ti soy mejor persona. Conseguiste ver lo que ni yo misma veía en mí.

Es difícil no buscarte

Cada quien siguió su camino sin mirar atrás, o al menos esa era la idea. Claramente, no lo conseguimos. A cada paso que dábamos, algo nos hacía buscarnos; cualquier cosa nos servía de excusa. No sé si eras tú o era yo quien más empeño le ponía a esos encuentros. Pero ojo, nosotras seguíamos nuestros caminos por separado. Que no nos engañe el corazón con eso de amarnos; la cabeza tenía que seguir ganando en esta guerra inútil. Sabíamos que nos necesitábamos, nuestros cuerpos se llamaban con cada caricia ajena y nada, que volvíamos. Parecía que nos entendíamos mejor ahora que no éramos nada. Tal vez lo que pasaba era que ahora sí le poníamos ganas. ¿Te has fijado en que van ganando los sentimientos y que donde hay patrón, no manda marinero y en nuestras vidas quien manda es la locura y no la cordura? Te quiero, camines o no conmigo. Te quiero y no te olvidaré porque no se puede olvidar lo que alguna vez te hizo sentir viva.

Te deseo

Quiero más besos en mi cuerpo, que tus gemidos se escuchen hasta el amanecer. Quiero más de ti cuando parece que nos saciamos. Y es que contigo me siento en una abstinencia constante, difícil de reprimir cuando te veo mirarme así, con una sonrisa de lado. Eres toda sensualidad, elegancia, eres el deseo hecho mujer. Me encanta sentir cómo nuestros cuerpos se funden entre arañazos, sudor y gemidos. Cómo sin necesidad de hablarte sabes qué quiero, cómo lo quiero y, sobre todo, cuánto lo quiero. Has aprendido a conocer cada centímetro de mi piel como yo he aprendido a amarte desde que te conocí.

Miedo

Hay un miedo latente con respecto al amor por parte de las dos. Ya hemos vivido antes una historia así, donde tocábamos el cielo con los dedos y de la nada bajábamos a la tierra. Nos marcaron con lágrimas y el corazón encogido al saber que se terminaba. Y ahora tenemos miedo a encontrarnos y notar cómo ese mismo corazón que una vez se rompió vuelve a latir desesperado. Nos da pavor ver cómo nuestras sonrisas tienen el nombre de la otra, ver el poder que tiene un abrazo. Estamos dilatando lo que las dos sabemos que terminará pasando por ese recuerdo de dolor. ¿Y si dejamos eso a un lado? ¿Te atreverías a intentarlo de a poco? No te voy a prometer nada más allá de lo que pueda ofrecer. Eso incluye que no podré bajarte la luna ni las estrellas, pero sí podré hacer de ti mi estrella, mi guía. Te confieso que ante esta propuesta también siento miedo por tu posible rechazo, pero una de las dos tenía que dar el paso, ¿no?

Libres

Cogimos el coche sin un rumbo fijo. La única idea que teníamos en mente era ser libres por unos días. Así llegamos a unas calas; lo que nos íbamos a encontrar no lo sabíamos. Únicamente llevábamos una tienda de campaña y un par de sacos para dormir con algo de comida. Era un pequeño paraíso donde la libertad se podía respirar, donde podíamos estar desnudas sin miradas ajenas, donde tu cuerpo se veía perfecto, bañado por las olas del mar. De poderlo haber hecho, hubiera parado el tiempo en ese instante. Y la noche había hecho acto de presencia, como para darle un toque más romántico a los besos y caricias que desde la tarde se estaban volviendo una constante. Y es que ¿quién puede decirle que no a esos labios perfectos? Me tenías hipnotizada con tus curvas encima de mí, con tus pechos sobre los míos, sintiendo tus pezones. Era un lugar de ensueño, que con tus gemidos y silueta no se podría describir así, sin más.

Sin buscarlo

Perdemos la noción del tiempo cuando estamos juntas. Es tan fácil sentirse en las nubes cuando me besas, cuando tus manos se deslizan por mi cuerpo erizándome. Todo empezó siendo sexo y, sin esperarlo, los sentimientos hicieron acto de presencia. Sin menospreciar las anteriores relaciones, creo que contigo puedo decir que di con mi complemento en la vida. La conexión que desde un primer momento se dio, el cómo nuestros cuerpos encajan a la perfección. Hemos aprendido a jugar y dar placer como nos gusta, a disfrutarnos sin complicaciones. Y desde que hay sentimientos podría decir que es incluso más intenso, más pasional.

Llegaste sin llamar a la puerta

No te esperaba y llegaste rompiendo todos mis esquemas. Lo hiciste como cuando llega una tormenta de verano: así, sin previo aviso, sin importarte cómo me encontraba. Aún sentía las capas que recubrían mi corazón tras la última desilusión. A ti eso no te importaba; tú tampoco ibas con la idea de curar nada. Llegaste para romper cada una de mis barreras, para demostrarme que no todo tiene por qué ser igual. Tenías todo tan calculado que me daba miedo cuando me abrazabas y sentía tu calor, sentía que estaba en calma. Pero todo ese vendaval que llegaste siendo se fue aflojando y también me permitiste quitar tus miedos. Conseguí que toda tú te abrieras y pude ver que debajo de las capas tenías un corazón que también había sido maltratado. Y me enseñaste que, aun teniéndolo roto, cada parte del mismo podía amar.

Hagamos de esto una supernova

Si me vas a marear, que sea con la borrachera de tus besos, que para dar vueltas ya está la Tierra. Que esta sed que tenemos no se quita con agua, sino con nuestros cuerpos. Ya va siendo hora de acercarnos un poco más, porque a este ritmo el nuevo *big bang* lo provocaremos nosotras, aunque tampoco me importaría. No voy a negar, porque además no quiero hacerlo, que me excitas, que cada poro de mí te está esperando. Si fueras el sol, no me importaría quemarme; total, ya me quemas con cada caricia. No sigamos alargando esto y ven, encontrémonos en medio del universo que creamos. Ese universo que espera con ansia la llegada de una nueva supernova que lleve nuestros nombres.

Sobre el desamor y otras historias

¿Un último intento?

Si te dijera que yo también te sigo queriendo, ¿cambiaríamos algo? ¿Reaccionarías huyendo del amor o te quedarías una vez más? Y si no te quisiera, si te amara, ¿podrías comprobar que nunca murió? Así verías que simplemente fue un amor en el tiempo y lugar equivocados. A lo mejor lo que necesitábamos era esto, alejarnos, estar con otros cuerpos; darnos cuenta, al fin y al cabo, de que nuestro momento no era antes, es ahora. Y si te estuviera esperando en la misma parada de autobús ahora mismo, ¿vendrías? Hasta las 22:00 estaré aquí. Si no llegas a venir, entenderé que ya pasaron nuestro tiempo, lugar y momento.

Se acabó

No tengo nada que decir ni escribir; simplemente se terminó. Terminaron las noches de risas, de esperas, de conversaciones infinitas, en su mayoría de temas triviales. Se terminaron todos esos «buenos días» o «espero que tengas buen día». Ahora estamos en la fase de extrañarnos en silencio, de preguntarles a los demás cómo estamos. Y todo porque tú y yo perdimos el valor de volvernos a hablar y dejamos que el orgullo ganase. Al final nos pudo más eso que todos los momentos buenos. No nos quisimos dar una segunda oportunidad. Ni siquiera lo quisimos intentar.

Hoy me has dicho...

Hoy me has dicho que has besado otros labios, que no sabías cómo decírmelo y, para colmo, que apenas has dormido por ese mismo motivo. No esperes escenas de dramas ni de celos; hace mucho que tu cuerpo y tus labios dejaron de saber a miel. Ya no duele como cabría esperar. Supongo que ya lo acepté: tú estás allí y yo aquí. Tú con tu vida y yo… Bueno, yo trato de hacer la mía sin ti.

No quieras volver

No quieras volver cuando ya te haya olvidado, cuando ya no duelas en el alma. No quieras volver ahora que ya no te pienso, cuando dejé de llorarte, cuando dejé de amarte. No quieras volver porque no te funcionó eso de estar con otro cuerpo, con otra piel. No quieras volver, porque no soy la misma ilusa que creyó tus promesas de amor, de ese cuento de hadas que me contaste. No quieras volver, no por nada en especial. Simplemente porque me costó seguir adelante y no quiero que provoques un efecto dominó con tus recuerdos. No quieras volver, porque quizás dentro de mí algo aún espera que lo hagas, que vuelvas.

Te irás, lo sabes, lo sé

Te irás, sé que lo harás, no sé cuándo ni el motivo. Pero es algo muy tuyo el desaparecer por meses y volver como si nada, e incluso hacerlo por años. No sería la primera vez que lo harías. Por eso sé que te volverás a ir y esta vez no puedo prometerte que estaré esperándote. Si me vuelves a regalar tu ausencia, seguiré sin ninguna expectativa con respecto a ti, con respecto a nosotras. Te desearé lo mejor, que encuentres la felicidad allá donde quieras ir. Pero no pretendas volver, no como algo más, porque tú sola le pondrás el fin a esta historia, terminándola igual que empezó. De un día para otro todo cambió, todo cambiarás.

Mi mala costumbre

Tengo la mala costumbre de extrañarte, de querer hablar contigo de todo y de nada a la vez. De querer quedar y tomarnos ese último café que quedó pendiente, al igual que no llegamos a ver esa película que tanto te gustaba. Decías que éramos los protagonistas de *El diario de Noah*, que pasara lo que pasara siempre nos volveríamos a encontrar. Y ahora que tengo esta mala costumbre de extrañarte, pienso que aún puede pasar. Que ese café se vuelva dos, tres; que se convierta en quedadas los domingos y amaneceres los lunes. Pero no será, no por ahora. El tiempo dirá si te perdí o nos perdimos. Mientras, yo seguiré con esta mala costumbre de extrañarte.

El problema

El problema no es que te hayas ido. El problema es que me dejaste con todos los recuerdos que me están rompiendo. El problema es que yo sí te amé como decía y cada día te lo hacía ver. El problema es que sigo parada en el mismo andén viendo cómo pasa la gente, cómo pasan todos menos tú. El problema, y aquí sí creo que toqué fondo, es que dejo que me afectes de más, que controles mi vida. Pero tranquilo, no hay problema que no tenga solución y ya sé cuál es la tuya. Empezar a ser feliz sola, sin ti, sin nadie para depender.

64

No siempre

No siempre me basta con escribir en papel y boli lo que siento. No siempre es suficiente sacar lo que siento en una tarde, una noche hasta el día siguiente. No siempre llamo a un amigo para contarle lo que me pasa. No siempre el problema eres tú. A veces, y solo a veces, el problema es este puto sentimiento.

Nuestro amor

No fue suficiente amarnos. Lo intentamos una y otra vez; fallamos, nos fallamos, pero ahí seguíamos, queriendo darlo todo. En realidad, ambas sabíamos que era todo una utopía, pero qué utopía tan bonita. En el tiempo que duró, las risas y el llanto estaban a la orden del día. No sabíamos en qué momento la vida nos iba a sorprender y, en cierta medida, siempre se superaba. Teníamos unas expectativas demasiado altas, ahora me doy cuenta. Creímos que podríamos con la distancia, las familias, con el tiempo y la vida. Y lo único con lo que pudimos fue con nosotras mismas. No nos dimos cuenta de en qué momento nos perdimos y volvimos a ser dos. Aunque seguíamos intentándolo, nada era ya lo mismo; cada una siguió con su camino.

No quiero volver contigo

Si pensaste en mí cuando estabas con ella, por favor, no me lo hagas saber. No hay necesidad alguna de saber ese tipo de cosas cuando ya no estamos juntos. No hay por qué humillar así a la persona que te está regalando sus noches. Si pensaste en mí cuando te abrazaba por la espalda, por favor, respira hondo para oler su perfume. Si pensaste en mí cuando te besó, recuerda que fuiste tú quien decidió terminar. No quiero que vuelvas, no quiero que me cuentes qué haces. Si pensaste que te iba a esperar o que algo de lo contado me iba a hacer cambiar de opinión, ya te digo que no. Me has confirmado una vez más que no merece la pena estar contigo.

Qué ironía

Es irónico que justo la persona que te está rompiendo a cachitos sea la que te dice que no la preocupes. A veces creo que te haces la tonta o que no te quieres dar cuenta de que te quiero. Más obvia, más directa no puedo ser. No me resulta fácil ver cómo le declaras amor a los cuatro vientos y yo aquí, esperando que vengas y me digas dos palabras. Parece que se te olvida lo que hubo entre las dos, que yo me quedé en el mismo lugar donde me dejaste. Que ahora no puedo ser tu amiga por más que te empeñes en usarme como ello. Que me dueles y me haces sentir mal, y encima me dices que seguro no vale la pena por lo que estoy así. Si tú supieras que aún te extraño por las noches, que aún te busco en la cama… Supongo que no lo quieres ver.

Bípolar

Eres ese maldito nudo en la garganta. Esas ganas de querer salir y gritar, de llorar. Pero también eres el motivo por el cual muchas veces sonrío.

Nos perdimos o te perdí

No sé si te perdí o nos perdimos. No sé si nos soñamos o fue realidad lo vivido. En algún momento de estos años, algo cambió sin darnos cuenta. Nos fuimos distanciando, llegando a ser dos desconocidos compartiendo cama. Te miraba en las mañanas y ya no sentía esa necesidad de abrazarte y darte los buenos días. Me mirabas y ya no tenías ese brillo ni el deseo de besarme al volver a casa. Nos fuimos dejando sin darnos cuenta del tiempo que estábamos malgastando. Aún no sé cómo fue; solo sé que hoy ya no es.

Solo una vez

Solo una vez me he enamorado, solo una vez llegué a experimentar ese sentimiento. Sé que cada persona es diferente, al igual que la relación que puede dar. No se vuelve a querer, a amar de la misma forma, ni mucho menos con la misma intensidad. Quizás ese fue mi error, buscar en otras lo que tuvimos.

En la barra del bar

Sentada en la barra, tomando la primera cerveza de la noche, tu recuerdo es tan nítido… Hace ya un tiempo que terminamos, pero todos los días tengo ganas de llamarte, de saber cómo estás. Después de la tercera cerveza, el amargor le va ganando a tu recuerdo, o eso creo. Aún tengo en los labios el último adiós que nos dimos, el calor del abrazo antes de la tormenta. Al par de cervezas más, ya no dueles como al principio de la noche. Hoy logré llegar a ese punto con una cerveza menos que la semana pasada. Creo que es un síntoma de que puedo vivir sin ti. Y si no es así, es porque aún sigo arruinándome por ti aunque no estés.

El destino

A pesar de intentarlo una y otra vez, de amarse de la forma más bonita que llegaron a imaginar, lucharon por su amor. Pero no sabían que en la vida no bastaba con solo amarse, que había otros factores que jugaban en su contra; de hecho, al terminar la relación no sabían cómo pasó, así que lo llamaron destino.

Sigue estando en ti

Si escuchas una canción y te acuerdas de ella. Si cuando lees un texto de Iago de la Campa es como si describiera vuestra historia. Si vas por la calle y recuerdas aquel beso… Ay, amigo. Has de saber que no la has olvidado, que su recuerdo sigue latiendo dentro de ti aunque ya no la veas.

Jugaste

En algún momento la has usado como parche o como tu tabla de salvación. Sabías que ella iba a estar ahí para ti, te encantaba que te diera los buenos días y las buenas noches. Iba a estar pendiente de si necesitabas algo, iba a ponerte el mundo a tus pies si querías o a darte sus alas para que volaras. Lo sé, también llegaste a tener un sentimiento hacia ella; la querías, pero no la amabas. Seguías pensando en tu ex y ella apareció justo en el momento adecuado. Hasta tú lo dijiste: «No la hubiera buscado si no me hubiesen dejado». Con todo esto no te quiero reprochar nada, pero como amiga te digo que la usaste. Fuese o no tu fin, lo hiciste. En el fondo sabes que es así, por lo que date una oportunidad de olvidar el pasado. Dale una oportunidad de poderse recuperar de tu desengaño.

Reaccionaste tarde

Tarde te diste cuenta de que la querías. Ahora ella mira la vida desde otro lugar, después de que la dejaras aquel lunes con un simple adiós. Esperaste que volviera y no lo hizo. Tendrás que ver cómo persigue sus sueños sin tenerte en su día a día. Pasaste de ser el protagonista de su vida a un simple espectador en la distancia.

Ya no es igual

Los domingos antes estaban llenos de risas, de paseos de la mano. Ahora tienen de fondo *Te echo de menos*, de Beret, resonando en cada lugar de esta casa vacía. Porque así se quedó todo desde que terminamos. Eras todo lo que quería y lo que no supe mantener; no supe hacer que te quisieras quedar un día más. Y míranos ahora: tú desconfiando de cada «te quiero» que te digo, de cada demostración, y yo dudando de que pueda ser tu otra mitad.

Volvería

Eres como ese escrito en la orilla del mar, que, por más que las olas lo borren, lo seguiría escribiendo. Volvería a escribirte una vez más en mi vida, pero esta vez coincidiendo en espacio y tiempo. No pensaría en si funcionará o no, no me pararía a ver los errores que cometimos. Si de nuevo nos volvemos a cruzar, no duraría en intentarlo de nuevo, en darnos la oportunidad que nunca tuvimos.

Llegó el frío

Esta noche hace más frío del que debiera porque me falta tu cuerpo. Aún es otoño y ya siento que estamos en el invierno más cruento porque no estás. En ningún momento imaginé que te iba a extrañar tanto, que iba a doler fallarte. No importa el tiempo que pasó porque aún recuerdo cada palabra que te dije, cada desplante que te di. No fui perfecta, pero tampoco intenté ser lo que te merecías. Siempre estuviste ahí y no lo supe ver, y ahora hace tanto frío en las calles de Málaga. Vino el invierno a mi vida para quedarse, ahora que mi corazón se empezaba a derretir por ti. Tarde me di cuenta de que te amaba y no te hacía feliz.

Me iría de nuevo

Querer también significa dejarte ir. Hace tiempo —bueno, en realidad desde que empezamos— sabíamos que no íbamos a llegar a buen puerto. Que no importó si paseábamos por Málaga o por San Juan si de la mano hacíamos el recorrido. Y se intentó, lo dimos todo en cada abrazo, en cada despedida, pero los buenos días ya no sonaban igual. Nos íbamos alejando sin saberlo, nos fuimos dejando y la vida nos estaba pasando. Por eso decidí dejarte, darte las alas que en algún momento siento que te corté. Tu felicidad vale más que cualquier deseo mío de estar contigo.

Necesité hacerlo

Me fui. No por ti, sino por mí. Me sentía en un punto muerto, en un círculo sin salida y yo quería correr. Me fui porque me di cuenta de que ni tú eras tan buena ni yo tan desastre. Porque no se trataba de cortar la rosa y quitarle las espinas, sino de dejarla florecer y pincharte y arañarte con cada cuidado. Te confieso que me fui porque necesitaba respirar, necesitaba que estuvieras y no que me entendieras. Pero si no estuviste antes, tampoco tenía sentido dejarte estar ahora. Y por eso hoy no estoy en el mismo lugar de siempre esperándote. Preparé las maletas para irme y no sé cuándo volveré. Ni siquiera sé si volveré.

Dejé de quererte

De un tiempo para acá siento que no te quiero igual; quizás ya ni te quiera. Hubo un momento en el que me di cuenta de que mi amor propio debía estar por encima de cualquier relación, de que me estaba dejando de querer por complacerte. Pero hubo ese algo. No sé si fue una palabra mal dicha, una pausa a destiempo lo que me hizo darme cuenta de que seguía caminando, pero no a tu lado. Estaba dejando de tener la necesidad de darte los buenos días y hoy ya es que ni pienso en hacerlo. Quedémonos con lo bueno que vivimos y ya está, no hay que buscar culpables. Se terminó, y lo mejor será seguir cada cual su vida.

Nos quisimos olvidar

Terminamos subastando los besos y gemidos a cualquier postor que no quisiera quedarse más de una noche. Porque eso de atarnos de nuevo con alguien no nos iba, menos aún si teníamos que empezar a dar explicaciones. Ya habíamos vivido lo bueno y el infierno que podía ser querer, por lo que no es que lo evitásemos, es que directamente no lo contemplábamos. Pero no resultó tan fácil olvidarnos del perfume de nuestras pieles juntas. Y no nos quisimos dar cuenta de que nadie apostaría lo suficiente por una como lo haría la otra.

Te busco sin querer

Siento frío desde que no te encuentro en nuestra cama, amor. Ahora el desayuno no sabe igual porque me faltan tus labios. Trato de no buscarte, pero me es imposible no salir a caminar por las calles de Lisboa. Quiero encontrarte de forma «casual», saber cómo has estado, si aún me recuerdas. Sé que prometimos no buscarnos, que la separación no iba a ser fácil, pero ¿me negarás que aún me quieres, que aún sonríes al escuchar mi nombre? No se acabó; me niego a pensar que ellos ganaron, que un amor así termine como quien se cambia de ropa. Yo te sigo amando.

En Lisboa te amé

Hay lugares que son para disfrutarlos a solas o en buena compañía. Tú eres un claro ejemplo, Lisboa. Me has enamorado por tus calles llenas de vida, por la alegría que se respira en ellas. Eres la ciudad a la que volvería contigo o sin ti, aunque reconozco que prefiero que sea contigo. Porque quiero tenerte entre mis brazos en un atardecer así. Poder ver en tus ojos ese fuego que solo el sol te da. Susurrarte «te quiero» mientras te dejas atrapar por la ciudad.

Perdimos

Nos amamos y nos odiamos con tanta intensidad que ni cenizas dejamos para barrer. No nos quedó nada, ni un adiós, ni mucho menos un hasta siempre. Fuimos dos locas inconscientes jugando al juego del amor y terminamos perdiendo el tiempo, la energía y hasta el corazón. Este será el último texto que te escriba, pues no hay previsión alguna de regreso. Y, sinceramente, si la hubiera no la querría. Ya no da para más porque nos autodestruimos.

No te odio

No te odio. Me odio a mí misma por fallarle a ella y al amor que me demuestra cada día. No te odio, pero sí me siento decepcionada. Tal vez porque no me lo esperaba o quizás porque te tenía demasiado idealizada cuando en realidad estabas al mismo nivel. Y no te odio porque odiarte sería convertir todo el amor que te tuve en un sentimiento de lo más bajo. Así que no, no te odio, pero tampoco te quiero en mi vida de nuevo.

Este no será el primero

Sanará, no hay herida que duela mil años ni cicatriz que no se cierre. Necesitarás un tiempo para ti, para poner en orden el caos en el que quedó tu habitación. Ya no verás más su ropa en el armario ni esa sudadera de Roma que tanto te gustaba. Ahora notarás el vacío que dejaron sus juegos y sus pósteres de anime, esos que antes siempre le decías que los quitara. Te faltarán tantas cosas y verás el espacio que dejó tan grande que no vas a saber por dónde empezar. Y es normal. Por ello, empieza por donde lo necesites, llora, grita, sal y mantente distraída, pero no dejes que la pena te gane. No hay mal de amor que sea eterno y, créeme, este no será el primero.

Te escribo a ti

Como no podía amarte, tenerte entre mis brazos, decidí escribirte cada noche. Así llevo más de cien lunas con sus cien textos. Te escribo lo que siento, aunque sé que no lo leerás. Lo hago porque necesito expresar todo el revuelo que provocas en mis días con un simple «hola», y cuando no lo tengo siento que me falta algo. Me enamoré y no debía hacerlo; y lo peor, no sé si quiero frenar esto. Una luna más esto va para ti, mi amante, mi amiga, mi todo y mi nada a la vez.

Resumiendo

¿Te echo de menos? Sí. ¿Quiero que vuelvas? No. Es simple después de todo.

En ese instante

En un segundo todo lo que creías tener se esfuma. No sabes cómo pasó, pero ya no está. Pensabas que iba a estar toda la vida contigo, que sus «te amo» eran de verdad y no fue así. En un instante te das cuenta de que no hay cuentos de hadas ni finales felices para siempre. Empiezas a ver que los hechos dicen más que las palabras sobre sentimientos. Que daba igual todo lo que te dijera si en un segundo podía tirar lo que había construido.

Celos

Es extraño cómo yo, que nunca fui de sentir miedos, inseguridades, contigo siento todo eso y más. Me hice tan vulnerable a tu amor que cuando veo que otros labios te besan, siento celos. Siempre me daba igual verte en otros brazos, que estuvieras de novia, porque por las noches a quien buscabas era a mí. Pero ahora que te estoy queriendo, que las noches no son suficientes, que quiero más, siento que no puedo tener más. En todo momento supe que no íbamos a tener nada más que unas risas, unos buenos momentos en la cama. Y eso era todo hasta que los celos hicieron acto de presencia y ahora no sé cómo manejarlos. Perdón, pero empecé a quererte en mis días y no te quiero compartir con él.

Esta vez fue diferente

¿Y cómo fue que terminaron? ¿Cómo algo tan intenso, mágico y especial pudo terminar? Son las dos preguntas más difíciles de responder de un tiempo para aquí. Al principio se me hacía un nudo en la garganta y no las podía responder sin notar que se me escapaba alguna lágrima. Pasado un tiempo, la intensidad de ese nudo era menor y podía decir que no nos supimos entender. Esta mañana me lo volvieron a preguntar, esta mañana el nudo ya no hizo acto de presencia. Solo sonreí. Le dije que en la vida también hay matices, no es blanco o negro, que si como pareja no pudo ser no es el final del amor. Que igual que me enseñaste a quererte y me mostraste lo que era tocar el cielo, también me enseñaste que una relación es de dos, que hay que perdonar, bajar el orgullo. Pero de todo me quedaría con que el amor es ver a la otra persona feliz, contigo, sin ti, como amigos, como pareja. Que la relación puede terminar, pero no el amor. Esta vez a quien se le escapó una lágrima fue a quien me preguntó. Yo, por mi parte, terminé sonriendo, recordándote.

Te quiere

Tu voz suena tan diferente; ya no hay toques de locura en ella. ¿Qué te pasó? Te noté apagada, como si te hubieran robado la alegría. No permitas que te quiten tu felicidad; si está en sus brazos, lucha por ella. No te rindas porque el camino no es tan recto y sin baches como esperabas. Nunca se sabe cuándo la meta está por llegar, así que búscala, no te quedes con las ganas de amarla, de sentir una vez más que sois dos cuerpos en un alma. Que si tus días se volvieron grises, que si tu mirada ya no brilla y es ella la que puede cambiar eso, ¿qué más da lo demás? Al fin y al cabo, es querer jugársela una vez más y puede que te sorprenda saber que ella aún te ama.

Olvidarte o amarte

Perdí toda motivación de escribir desde que no estás. Siento que cada palabra está marcada por el vacío que dejaste. Y es que ya no tengo esa necesidad de decirte cómo me siento a cada momento porque ya no me lees. Es tan raro que después de todo estemos así, tú con una sonrisa que no transmite lo mismo que tus ojos y yo… Yo sigo caminando de aquella manera, tropezándome con tu recuerdo a cada paso. Le he dicho al olvido que no tarde mucho en empezar a hacer acto de presencia y al amor que por un tiempo no venga si no es contigo. ¿Ves? Una vez más tengo una contradicción. Te quiero olvidar, pero también quiero que vuelvas para poderte amar. Al final va a ser que sí tenía un motivo para escribirte aunque no te sienta conmigo.

Ya eres feliz

Te fui a buscar y no me viste. No pude pasar del pasillo cuando te vi abrazándola; ahí entendí que perdí la oportunidad de formar parte de tu felicidad. Me fui por idiota, porque no quería aceptar que contigo estaba bien y que tú eras quien entendía mi locura a la perfección. Quise volver como si nunca hubiera pasado nada, como si nunca te hubiera hecho llorar, como si nunca te hubiera roto. No sé qué me hacía pensar que no te dolería mi partida. Me perdí demasiados momentos de tu vida: navidades, cumpleaños, paseos a la orilla del mar, risas hasta doler la barriga. Y cuando te vi entendí por qué no debía volver, por lo que decidí darme media vuelta y desearte lo mejor.

Ven sin más

Escuchando la canción *Dime que no*, de Jesse y Joy, me es inevitable pensar en ti. Es como si cada verso de la misma estuviera escrito para mí. Quiero que me digas que no, que no piensas en mí, que no me esperas, que aún no sientes amor. También que me digas que no porque, por más que lo he intentado, yo sigo así por ti. Te sigo pensando a cada momento, te espero aunque no esté en la misma parada de tren y, lo que es aún peor, te sigo queriendo. Por más que he tratado de sacarte de mis días, sigues estando; así que, por favor, ven. Ven y borra todo lo anterior, no me hagas caso y dime que sí. Porque sí, porque de nada sirvió todo este tiempo diciendo que no cuando las dos estamos esperando ese sí que nos vuelva a unir.

Hagamos una historia sin final

Esto no puede ser un punto y final, no puede ser el final de la historia. Yo esperaba un final de capítulo o, como mucho, de la primera parte de una saga contigo. Me niego a pensar que así, sin más, terminemos, que al final la monotonía nos pudo más. Nos cansamos de tener cuidado de que no nos vieran juntas, de tener que hablar a escondidas. Nos ha terminado pudiendo el qué dirán en vez de afrontar la realidad. No hemos tenido el valor de estar juntas más allá de estas cuatro paredes. Y sé que esto ha sido el punto y final, pero sigamos con otro libro la historia que queríamos escribir. Hagamos de nuestras vidas una novela que no queramos terminar, donde el amor, la pasión y el deseo sean los protagonistas.

Ya es tarde

No hay mayor anhelo que el no haberte besado nunca ni mayor arrepentimiento que no haberlo hecho cuando pude. Tuve tantas ocasiones para decirte lo que sentía y ser correspondida… Ahora lo veo. No sé qué fue lo que me frenó, si la cobardía o no ser lo que esperabas. Yo misma me compliqué la existencia y tú ahora te ves tan bien. Me dijeron que estuviste por años esperándome hasta que me olvidaste. Decidiste seguir y no esperar más a esta loca que siempre te amó en silencio. Sé que tú también podrías haber dado el paso, pero no estábamos en igualdad de condiciones. Supongo que fue por eso que no lo hiciste. Pero tú seguiste feliz, nunca necesitaste de nadie para ello, y yo me quedé queriéndote antes y ahora.

Te extraño

No me termino de acostumbrar a tu ausencia en mi habitación. Me tiro en la cama y lo primero que me viene es tu olor, ese que no se va por más que lave las sábanas y la manta. Y me pongo a mirar el techo y con ello siento un bombardeo de recuerdos saturarme la cabeza. El corazón se me pone a mil, la garganta se me cierra como si tuviera un nudo mientras noto cómo una lágrima rueda por mi cara. Fuimos tan felices. Teníamos nuestras cosillas, pero nada hacía presagiar este final donde nos volvíamos totalmente desconocidas. Ahora que te solté un poco más, he de levantarme y sonreírle a la vida. Ya queda menos para olvidarte. Mientras tanto, solo diré que te extraño.

Te necesîtabas a ti

¿Te acuerdas cuando prometimos estar siempre ahí? En algún momento convertimos esa promesa en palabras al viento. Parece que nos resultó más fácil hacer como si nada y tomamos caminos separados. Pero esa promesa seguía estando y, aunque por momentos se nos olvidaba, fue esa misma promesa la que nos volvió a unir. Tú sabías que si me necesitabas iba a estar y así fue. Nuestros caminos se volvieron a unir, en un principio por necesidad; pensaste que solo yo podía hacer que volvieras a sonreír. En eso te equivocaste. No me necesitabas, ni a mí ni a nadie. Te necesitabas a ti. Y yo reconozco que no me hubiera imaginado que volvieras así, sin más, siendo tan tú, siendo tan hermosa. Hemos aprendido que es mejor no prometer y demostrar, que las palabras, palabras son y con una simple brisa se van. Lo que queda son los hechos. Por eso, esta vez quedémonos con cada uno de ellos y que hablen por sí mismos.

Perdón

Sé que terminé dañando lo que más quería. Mi fallo fue hacerte culpable de mi situación. No quise ver más allá de mi egocentrismo. No estaba proyectando de la mejor forma mi amor por ti. Esto no era un yo, sino un nosotros en el que, por lo que ahora veo, no supe estar a la altura. De un tiempo para aquí estás conociendo un yo que me avergüenza. No le encuentro sentido a las cosas, no estoy conforme con nada y te busco para reprochártelo en vez de salir y hacerle frente a la vida. Supongo que era más fácil hacer eso que reconocer que no lo hice bien desde un principio. Supongo que no debería estar escribiendo esto, sino que más bien tendría que estar pidiéndote perdón. Qué coño, no supongo esto último; tendría que estar haciéndolo y de corazón te pido que me perdones.

Una ilusión

Una vez te dije que estaría y seguiré estando. No como tú quieres, porque es evidente que no nos queremos de la misma forma. Pero créeme que seguiré aquí. Si necesitas hablar, solo tienes que buscarme; siempre has sabido cómo encontrarme. Para ti siempre tendré tiempo, pero no me pidas más, no lo hagas si tú no puedes amar. Entiende que me duele que un día me digas «te quiero» y al otro digas que todo es una ilusión. Que me vuelves loca cuando, sin hablarme durante días, vienes a decirme que me extrañas y esperas que actúe como si nada. No jugamos en la misma liga, yo soy una mera principiante a tu lado. Yo no sé mostrarte hoy mis sentimientos y mañana hacer como si nada, decirte cosas que sé que te dañarán. Quizás ese sea tu juego, o no; quizás ni siquiera ves lo que provocas en mí con tantas vueltas. Y yo sé que tengo también parte de culpa porque sigo ahí, esperando que un día te decidas, esperando que un día me quieras de verdad y bien.

Nos faltó ser felices

Quédate un poco más, después romperemos la ilusión con un golpe de realidad. Pero, por favor, no me sueltes y abrázame un rato más. El mundo no nos va a echar de menos si le robamos un poco de tiempo al reloj y soñamos despiertas. Démonos un último beso que selle todo y nada. Y una última mirada para recordar el fuego que en ella habita, ese fuego que parece quererse apagar. Poco a poco nos vamos separando y con ello sabemos que ninguna volverá hacia atrás, no pasará como en las películas. Mientras me alejo de ti, siento caer un par de lágrimas por mi mejilla. Nos faltó un poco para tenerlo todo. Nos faltó un poco de valor para ser felices.

Sobre ti y tu fuerza para seguir

Saldrás adelante

Deja de mirar el móvil; no va a escribirte, tampoco a llamarte. Lo vuestro ya terminó. No es difícil entenderlo. O tal vez sí, no lo sé. No sé hasta qué punto se amaron ni si dieron todo en cada intento. Pero sí sé una cosa: pasará y sanará. Recuerda todo lo bueno porque fue lo que te enamoró y lo que te motivó a seguir juntos. Deja las peleas, las diferencias a un lado. Ya fue, ya pasó. Ahora es el momento de seguir adelante, sonreír y vivir; no hay que velar el amor que terminó, simplemente aprender de ello. En un futuro volverás a querer y volverás a sentir eso que una vez se terminó en otros labios y en otra piel.

Porque no vuelve

Solo tenemos el tiempo. Es lo único que se va y no regresa ni se puede recuperar. Es lo más valioso que podemos entregarle a alguien, ya sea amigo, pareja o familia. Cuando se da, se hace aun sabiendo que no se podrá recuperar. Por eso, aprecia el tiempo que te dedican, así sean cinco minutos al día. Porque ese tiempo lo han decidido pasar contigo aun sabiendo que no lo volverán a tener. Quien de verdad quiere siempre sacará esos minutos; a veces lo hará todos los días y otras, de semana en semana. Pero si lo hizo fue porque quiso y así lo sintió, por lo que te aconsejo que lo valores, al igual que tú haz valorar el tiempo que dedicas a los demás.

Tú eres tu camino

A veces te harán sentir pelota, que no vales. A veces te dirán que no conseguirás alcanzar tus metas. A veces la persona que quieres te hará sentir que no mereces más. Pero recuerda que tú eres tu propia felicidad. Así, sin más, sin necesidad de depender de los demás.

Quiérete

Quiérete, pero quiérete bien porque eres increíble, no dejes que te digan lo contrario. Tienes un gran corazón, aunque a veces te sale el diablillo que llevas dentro. Si alguien necesita algo de ti, ahí estás. Date cuenta de que eso es algo que no todo el mundo está dispuesto a dar. No importa la hora o lo que estés haciendo: si te llaman, tú vas. No eres perfecta, claro que no; te pierden muchas veces las formas y sueltas más palabrotas que palabras lindas. Tienes un carácter demasiado pasional, llamémoslo así, pero es que no todo el mundo puede tener la misma forma de ser. Y, sobre todo, ten claro que te fallarán y que tú también lo harás y que, al igual que te rompieron, tú romperás el corazón de alguien. Pero es que así es la vida. Nadie la vive como si fuera un cuento de hadas porque no lo es.

Sonríe

Y cuando llegas a la cima te das cuenta de que todo esfuerzo tiene su recompensa. De que aunque hubo partes del camino que costaron más de lo esperado, lo lograste. Esa satisfacción de conseguir lo que te propusiste y lo que te sigues marcando a día de hoy. De que a pesar de tener personas a tu alrededor que te dijeron que no podrías, nunca te rendiste. Ahora, desde arriba, sonríe. Hazlo como nunca antes lo hiciste, pero sobre todo no pares de hacerlo. Sonríe porque se puede, porque solo tú puedes hacer de tus sueños una realidad.

Tú debes estar para ti

Tú sabes hasta qué punto darías algo por los demás, pero no esperes lo mismo. Nunca debes esperar que te lo devuelvan de la misma forma porque no funcionamos así. Cada persona tiene su forma de ser, su capacidad de dar en mayor o menor medida. Hoy puedes necesitar un abrazo, una charla para desahogarte o quizás solo necesites una sonrisa. Y no está mal que requieras eso y mucho más. El problema viene cuando esa persona de quien quieres que sea el abrazo no te lo da o te encuentras que la sonrisa que pides ya no te la dan a ti. Tienes que aprender que tú puedes estar para ellos, pero que ellos puede que no estén, o sí. La vida te lo dirá. La única que debe siempre estar y no abandonarse eres tú misma. Si tú no estás para ti, te terminarás perdiendo.

Mi meta

Estoy emprendiendo un viaje en el que no sé qué me encontraré por el camino, solo sé cuál quiero que sea la meta. En el proceso busco encontrarme, conocerme mejor y avanzar. No me quiero estancar en un «y si hubiera hecho…». La idea es quitarme cada carga que me autoimpuse, que la única capaz de juzgarse sea yo misma. Tengo como meta ser feliz y por más que me pongan piedras por el camino sabré esquivarlas, saltarlas e incluso aprenderé a quitarlas.

Valóralo

Eres la primera persona en quien pienso cuando me pasa algo, sea bueno o malo. Me encanta contarte las cosas y que me des tu punto de vista. Normalmente, me sueles dar una visión diferente, me haces ver cuáles son mis errores y mis aciertos. Me encanta que cada vez que te llamo para contarte algo te emociones igual que yo y te alegres como si te pasara a ti. Y es que no hay nada mejor que compartir contigo cada experiencia, ya sea viviéndola juntas o relatándotela por WhatsApp. Podría ser un/a amigo/a, hermano/a o una pareja esa persona que se te vino al pensamiento, y si está en cada uno de esos momentos, valóralo. No todo el mundo te dice las cosas a la cara ni se alegra de verdad por ti.

No te dejes vencer

Llega un punto en el cual pierdes todo el deseo de seguir. Lo único que pides es que se pare todo, pero el mundo sigue girando. Entras en un bucle donde no ves la salida y los que te rodean son los responsables de tu situación, porque es más fácil echarles la culpa a los demás que ver dónde te equivocaste. Por esa misma actitud estás alejando a personas maravillosas que te ayudaron y te quieren seguir ayudando. Y no lo ves, solo te ves a ti en un abismo. Para empezar a salir de ahí no estaría mal que dejaras de golpear la mano que te están dando, que empezaras a ver la vida desde otro punto de vista. Eres fuerte para esto y más; solo tienes que darte cuenta de ello. No será fácil, nunca lo fue, pero ¿en serio te vas a dejar vencer?

Amo a una mujer

A veces me dan ganas de huir, de dejarlo todo atrás sin importar el qué. Las ganas de volar que me inundan, ese deseo de ir hacia lo desconocido. O tal vez no tan desconocido. De dejar de ser esa hija modélica con la cual comparar a los demás, dejar que esperen que lo haga perfecto. Creo que llegó el momento de hacerlo a mi manera, de amar a quien yo quiera. Hombre, mujer… ¿Qué más da? Se supone que lo que importa es mi felicidad. Así que al fin lo diré: papá, mamá, estoy con una mujer. No por ello dejaré atrás mis metas ni dejaré de ser vuestra hija aunque así lo quisierais.

Ellos

Sois la familia que elijo todos los días. No llevaremos la misma sangre ni llevaremos desde pequeños juntos, pero sois la mejor familia que se puede tener. En las buenas no hace falta que os cuente lo sucedido, porque simplemente habéis estado ahí. Y cuando las cosas se complican también estáis ahí con un abrazo, una mirada y verdades como puños. No sois solo unos amigos. Sois mi familia, a la cual amo. Gracias por conformarla cada día.

1 de noviembre

Hoy vuelve a ser tu día, por desgracia. Dan igual los años que pasen, porque un amor tan puro como el tuyo no se olvida. Sigues marcándome en cada meta que consigo. Sigues estando conmigo. No es justo que tú me hayas visto crecer y yo haya tenido que ver tu final. Solo quien ha tenido en una abuela una madre, amiga, confidente sabe lo que es perderla. Te amé, te amo y te amaré, abuela.

Navidad

Se acerca la noche del 24 y me faltarás una noche más. No habrá llamadas ni abrazos. No porque sea esa noche te extraño menos en las demás, sino que esa era nuestra noche, llena de risas, de anécdotas.